Y

LE
BANQUET DE LA VIE

RECUEIL DE CHANSONS

POUR

MARIAGES, BAPTÊMES ET FÊTES

PAR

VICTOR DRAPPIER.

PARIS
Librairie chansonnière de Durand, éditeur de musique
Rue Rambuteau, 32.

1851

LE
BANQUET DE LA VIE

RECUEIL DE CHANSONS

POUR

MARIAGES, BAPTÊMES ET FÊTES

PAR

VICTOR DRAPPIER.

PARIS

Librairie chansonnière de DURAND, éditeur de musique

Rue Rambuteau, 32.

1851

PARIS. — TYPOGRAPHIE DE BEAULÉ ET Cᵉ,

Rue Jacques de Brosse, 10.

MARIAGE.

LES RÊVES D'AVENIR.

Pour une Mariée.

AIR : Oui, monseigneur.

Sylphes légers de mes beaux rêves,
Répétez-moi les doux serments
Des époux qui tiennent sans trêves
Ce que promettent les amants.

A mes songes de jeune fille
Succède, pour ne plus finir
   Un avenir
  Que Dieu, pour qu'il brille
    Sans se ternir
    Vient de bénir.   } *bis.*

Dites-moi que jamais l'orage
Ne viendra jeter en courroux,
Brisant mon rêve et mon courage,
Ses tristes éclats entre nous.

    A mes songes, etc.

L'homme à qui notre cœur s'adresse
Sait en nous livrant son honneur,
Que la femme paie en tendresse
Ce que l'époux donne en bonheur.

    A mes songes, etc.

ON ME L'A DIT.

Pour une mariée.

Air de Juive et Chrétien *ou* : Petit Papillon azuré.

On m'a dit : « Quoi ! de ton bel âge,
» Tu veux voir s'effeuiller les fleurs !
» L'homme est un papillon volage
» Qui plus tard fait couler nos pleurs.
» Il est tendre avant la victoire ;
» Souvent après on le maudit...
— Pourtant je n'ai pas voulu croire
    Ce qu'on m'a dit.   *(bis)*.

On m'a dit : « L'amant le plus tendre
» Change quand il est notre époux ;
» En vain nos cœurs se font entendre,
» Pour une autre il fuit loin de nous.
» Le serment sort de sa mémoire :
» Parfois, même, il s'en applaudit. »
— Pourtant je n'ai pas voulu croire
    Ce qu'on m'a dit.

Non, je ne veux pas croire encore
Que mon rêve n'est qu'une erreur ;
L'avenir que mon âme ignore
Est trop plein de jours de bonheur.
Si ce bonheur n'est qu'illusoire,
Comme celui qu'on nous prédit...
Il sera toujours temps de croire
    Ce qu'on m'a dit.

NON.

Pour un Marié.

Air de Charles VI (   ).

Salut! jour que, dans sa démence,
L'homme veut souvent reculer!
Ma vie à cette heure commence;
Le passé vient de s'envoler.
Ce miracle, c'est un prophète,
C'est l'Amour qui, seul, l'opéra...
Jour de bonheur! Beau jour de fête,
Jamais mon cœur ne t'oubliera!
Jamais mon cœur ne t'oubliera!
Non, non, non, jamais, non, beau jour de fête,
Jamais mon cœur ne t'oubliera!
Non!

Sur nous si l'ombre d'un nuage
Posait plus tard son voile obscur,
Pour combattre et vaincre l'orage,
Pour voir encore un ciel d'azur,
Ce doux refrain, à ma défaite,
Une voix tout bas le dira:
Jour de bonheur! beau jour de fête,
Jamais mon cœur ne t'oubliera!
Non!

Je le redirai dans ma joie,
Dans mes chagrins, partout, toujours;
Bercé par l'ange que m'envoie
Le Dieu qui bénit nos amours...
A l'heure où notre course est faite,
Ma voix encor murmurera:
Jour de bonheur! beau jour de fête,
Jamais mon cœur ne t'oubliera!
Non!

OUI.

Pour un Marié.

AIR : Des bluets dans les blés, *ou* du Retour en France.

Il est un mot solennel et suprême,
Qu'aux vains plaisirs enfin disant adieu,
Pour mieux s'unir à la femme qui l'aime,
L'homme tout haut prononce entre elle et Dieu :
—Oui—doux serment pour celui qui le pense,
—Oui—nœud fatal s'il craint de le penser...
Mot d'avenir, d'amour et d'espérance,
C'est le cœur seul qui doit te prononcer !

Dans ce seul mot que de longs jours d'ivresse !
D'illusions sur nos futurs chemins !
Combien la veille est pleine d'allégresse !
Que de bonheur remplit nos lendemains !
L'orage fuit ; il passe, il récompense
L'époux sans foi qu'il peut seul menacer...
Mot d'avenir, d'amour et d'espérance,
C'est le cœur seul qui doit te prononcer !

Oui—c'est le mot qui fait la sauvegarde
De tout mari qui ne craint pas d'affront ;
Sûr bouclier qui nous couvre et nous garde
Du sceau fatal marqué sur plus d'un front...
C'est le plaisir qui, jeunes, nous encense ;
C'est le repos qui, vieux, vient nous bercer...
Mot d'avenir, d'amour et d'espérance,
C'est le cœur seul qui doit te prononcer !

AU SEUIL DE L'AUTEL.

Une Demoiselle d'honneur.

Air de Juive et Chrétien, *ou* de la Montagne où je suis né.

Plein d'espoir et l'âme ravie,
Au passé jetant un adieu ;
On promet d'aimer pour la vie
L'être qu'on choisit devant Dieu...
Tient-on la parole qu'on jure ?
Ou, malgré ses vœux solennels,
Trahit-on, volage et parjure,
Les serments faits aux saints autels ?

Non, sans doute, et toujours sincère,
L'homme les garde au fond du cœur,
Comme un talisman nécessaire
De l'oubli sans cesse vainqueur.
Aux faux plaisirs livrant la guerre,
Si ses doux nœuds sont immortels,
C'est qu'il avait pensé naguère
Les serments faits aux saints autels.

Lorsque, pour régler sa carrière,
L'homme en fait son premier devoir ;
Quand la femme, dans sa prière,
Les répète matin et soir...
L'Avenir, que Dieu leur dispense,
Brillant de beaux jours éternels,
Bénit, féconde et récompense
Les serments faits aux saints autels !

SOUS LES CHARMILLES.

Pour une Demoiselle d'honneur.

Air du Royal tambour.

Lorsque, dit-on, l'hymen
Nous prend à nos familles !
Adieu, sous les charmilles,
Nos jeux de jeunes filles.
Les jeunes filles
N'ont plus un seul gai lendemain ;
Pourtant les jeunes filles
Rêvent toujours, oui, toujours l'hymen ;
Les jeunes filles rêvent un hymen,
Malgré le lendemain,
Nous rêvons l'hymen.

Les danses du dimanche,
Sous la charmille en fleurs ;
La gaîté qui s'épanche
Loin du trouble et des pleurs ;
Le bonheur que l'on rêve
Et qui dit : Me voilà ! —
L'hymen qui les enlève
Vaut-il mieux que cela ?
     Ah !   Lorsque, dit-on, etc.

L'oiseau, dans les campagnes,
Le plaisir qu'on poursuit ;
Nos sœurs et nos compagnes,
Dont l'amitié nous suit ;
Nos mères dont, sans trêve,
L'âme à nos cœurs parla...—
L'hymen qui les enlève
Vaut-il mieux que cela ?
     Ah !   Lorsque, dit-on, etc.

Ces beaux jours de la vie,
Toi, libre hier encor,
Tu me diras, ravie
D'avoir pris ton essor.
Si, sans que l'âge achève
Pour nous ces beaux jours-là,
L'hymen qui les enlève
Vaut mieux que tout cela.
     Ah !   Lorsque, dit-on, etc.

LE BONHEUR A DEUX.

Pour un Garçon d'honneur.

Air de Marianne, *ou* du petit Lapin de ma femme.

L'union, dit-on, fait la force,
Elle fait aussi le bonheur ;
Pour qu'ici-bas chacun s'efforce
A trouver un cœur pour son cœur ;
Douce harmonie,—Joie infinie,
Bonheur réel, complet, définitif...
Complet, que dis-je?—Ce mot exige
Un paragraphe à mon triple adjectif...
L'hymen qui rit dans la pénombre
De mon calcul trop hasardeux,|
Me dit que que le bonheur à deux...
    Promet un autre nombre.   *(ter)*.

Quel devin me dira ce chiffre?
Le plus fort n'y peut parvenir.
C'est Dieu seul qui sait et déchiffre
Les mystères de l'avenir.
Sans m'y connaître,—C'est trois... peut-être,
Mais non, ce chiffre a fait plus d'un jaloux ;
Garçon et fille, — Tendre famille,
Complètent mieux les désirs des époux ;
Le chiffre n'est plus à débattre ;
Les anges qu'on verra près d'eux
Diront que le bonheur à deux
    Mène au bonheur à quatre.

Mais un noir démon qui bourdonne,
Vient de me dire, en importun,
Que le bonheur à deux n'en donne
Même quelquefois à pas un...
Mauvais augure! — Que ta figure
Jamais ne montre ici ses traits maudits,
Rentre dans l'ombre, — Fantôme sombre,
Et laisse-nous dans notre Paradis!...
L'hymen, sans que rien ne l'altère,
Saura, loin des serpents hideux,
Prouver que le bonheur à deux
    Est le ciel sur la terre.

A BON ENTENDEUR, SALUT.

Pour un Garçon d'honneur.

AIR : les Anguilles, les jeunes filles.

Souvent l'homme oublie et secoue
Le joug où ses vœux l'ont placé;
De l'hymen sans crainte il se joue,
Et moissonne au champ du passé.
Mais la femme qui le soupçonne
Marche, parfois, au même but...
Je ne dis cela pour personne,
Mais à bon entendeur, salut !

On l'a dit : les femmes sont reines,
A leur pouvoir rien n'est égal;
Mais l'homme doit tenir les rênes
Du gouvernement conjugal...
Plus d'un, cependant, abandonne
Les droits que l'hymen lui valut...
Je ne dis cela pour personne,
Mais à bon entendeur, salut !

L'hymen veut qu'on y prenne garde :
Tout paradis cache un serpent
Qui, sous mainte fleur qu'on regarde,
Cache les poisons qu'il répand...
Parfois il ternit, il rançonne
L'hymen... qui paie un lourd tribut...
Je ne dis cela pour personne,
Mais à bon entendeur, salut !

ENFANTS, N'OUBLIEZ PAS.

Une Mère du Marié.

AIR : Enfants, n'y touchez pas (E. CLAPISSON).

De vos amours conservez bien le livre;
On s'unit pour s'aimer; on s'aime pour mieux vivre;
De vos amours conservez bien le livre,
Il contient seul le secret des beaux jours.

Ce vœu, cette prière
Qui peut guider vos pas
C'est l'espoir de mon cœur, c'est la voix d'une mère,
Enfants, n'oubliez pas.   (*bis.*)

Sur vos chemins plane un soleil propice :
Le sentier des devoirs n'a point de précipice;
Sur vos chemins plane un soleil propice,
Les soirs heureux font les doux lendemains.

Ce vœu, cette prière, etc.

Sur votre front le présent chante et vole;
Dieu vous garde sans doute un rôle moins frivole,
Sur votre front le présent chante et vole;
Mais l'avenir est à ceux qui viendront.

Ce vœu, cette prière, etc.

Pour mieux chercher ce que l'orage enlève,
Si jamais entre vous sa voix gronde et s'élève,
Pour mieux chercher ce que l'orage enlève,
Ah ! l'un vers l'autre il est doux de marcher..

Ce vœu, cette prière, etc.

LES SOUVENIRS SONT DES GUIDES.

Pour une Mère du Marié.

AIR : Près d'un berceau,

De la jeunesse aux jours purs et rapides,
Les souvenirs, ô mon fils, sont des guides.
Pour qu'à nos yeux l'avenir soit plus beau,
Que le passé nous prête son flambeau,
Que devant nous sa lueur tutélaire
Signale au loin l'abîme qu'elle éclaire ;
A maint écueil, sans qu'il paie un tribut,
Les souvenirs mènent l'homme à son but ;
    Aussi, crois-moi, mon fils, crois-moi,
    Pour être heureux, oh ! souviens-toi !

    Oui, souviens-toi des baisers de ta mère,
Sa voix jamais n'eut de parole amère ;
Et de l'amour, qui n'est point épuisé,
La source est pure où ton cœur a puisé.
Avec son lait, elle a mis dans ton âme
De la vertu la sainte et douce flamme,
Et chaque jour fit germer dans ton cœur
L'instinct du bien qui conduit au bonheur.
    Aussi, crois-moi, mon fils, crois-moi,
    Pour être heureux, oh ! souviens-toi !

Oui, souviens-toi des leçons de ton père,
Songe aux beaux jours qu'il rêve et que j'espère ;
Vers des sentiers que tu ne voyais pas,
Ses pas vingt ans ont soutenu tes pas ;
Il te disait : « Imite-moi sans cesse ;
» Que le devoir passe avant la richesse ;
» L'or, moins que lui, sait donner le bonheur,
» Et le plus pauvre est l'homme sans honneur. »
    Aussi, crois-moi, mon fils, crois-moi
    Pour être heureux, oh ! souviens-toi !

PENSEZ A MOI POUR VOUS AIMER TOUJOURS

Une mère de la Mariée.

Air des Feuilles mortes, *ou* : Votre cœur m'est fermé.

Au rang que vous rêviez lorsque l'hymen vous place,
Quand un autre horizon s'ouvre pour votre cœur,
Que le regret jamais entre vous n'ait de place,
Que du Temps qui détruit, votre amour soit vainqueur ;
Que mes derniers conseils, si vos nuits sont amères,
Revivent près de vous pour mieux guider vos jours ;
L'oubli des cœurs ingrats fait le chagrin des mères ;
Enfants, pensez à moi pour vous aimer toujours !

Sous les fleurs de la vie il est plus d'un abîme ;
Ta faiblesse, ô ma fille ! a besoin d'un appui,
De peur que sur l'écueil ton avenir s'abîme,
Qu'un époux, après moi, t'en écarte aujourd'hui ;
Ah ! que de ton bonheur ses tendresses jalouses
N'en déshéritent point tes fortunés séjours
Les fidèles maris font les chastes épouses ;
Enfants, pensez à moi pour vous aimer toujours.

Vous à qui je la donne à cette heure suprême
Veillez sur ce trésor que j'ai gardé pour vous ;
Aimez-la, Dieu le veut ; pour elle et pour vous-même,
Si vos serments sont purs, vos jours seront plus doux ;
Qu'ils ne soient pas au moins le voile du mensonge,
Car pour l'hymen qui perd l'espoir de ses beaux jours,
Le bonheur n'est qu'un mot si l'amour n'est qu'un songe
Enfants, pensez à moi pour vous aimer toujours.

C'EST LUI.

Une Mère de la Mariée.

AIR : Ce qu'il me faut à moi. (ET. ARNAUD.)

J'ai formé ton enfance en éloignant tes pas
Des écueils dont les fleurs cachent souvent la place ;
Mais dans le nouveau monde où mon désir te place,
    Je ne te suivrai pas.   (*bis.*)
Je te livre à l'époux dont l'amour me remplace ; (*bis.*)
  Ton seul guide aujourd'hui, c'est lui ! (*bis.*)
    C'est lui ! (*bis.*) Ah ! c'est lui !

Contre plus d'un péril afin d'être en éveil,
D'un esprit, jeune encor, pour chasser la chimère,
Pour qu'un rêve d'amour, quelquefois éphémère,
    Ait plus d'un beau réveil ;
Pour rester chaste épouse et vivre bonne mère,
  Ton seul guide aujourd'hui, c'est lui !
    C'est lui ! Ah ! c'est lui !

L'enfant donné par Dieu fait renaître l'azur
Dans le ciel que l'orage un instant vient d'éteindre ;
Et l'astre du bonheur, qu'un souffle peut éteindre,
    Jette un éclat plus pur.
Pour atteindre ce but qu'à deux l'on doit atteindre,
  Ton seul guide aujourd'hui, c'est lui !
    C'est lui ! Oui, c'est lui !

20 ANS DE PLUS, 20 ANS DE MOINS.

Un Père de la Mariée.

Air : Vieux habits, vieux galons, *ou* : Ne vous déguisez pas.

Lorsque ma fille entre en ménage,
Si l'on me demande mon âge,
Je me sens, très bien révolus,
    Vingt ans de plus ;   (*bis.*)
Mais, quand je la vois si joyeuse,
Si gentille et si gracieuse,
Ah ! je rajeunis en tous points,
    Et j'ai vingt ans de moins. (*bis.*)

Quand je crains, ô douleur amère !
Que son rêve soit éphémère,
J'ai, bien vieux, malade et perclus,
    Vingt ans de plus ;
Mais lorsque ma fille m'assure,
Que, du bonheur dont elle est sûre,
Mes yeux, un jour, seront témoins,
    Ah ! j'ai vingt ans de moins.

Si, plus tard, gronde la tempête,
Chaque nuit mettra sur ma tête,
Quand l'espoir ne brillera plus,
    Vingt ans de plus ;
Mais que jamais le ciel ne change,
Que l'amour m'apporte un bel ange,
Et grâce à vous, grâce à ses soins,
    J'aurai vingt ans de moins.

PRENDS TA MÈRE POUR MODÈLE

Un Père de la Mariée,

Air de la Colonne.

Dans ce monde où va te poursuivre
Plus d'un embarras peu commun ;
S'il te faut un exemple à suivre,
Moi, je puis t'en indiquer un,
Toujours prêt, jamais importun.
Jeune fille, à ta voix fidèle,
Sa voix répondit bien des fois ;
Jeune femme, comme autrefois,
Prends ta mère encor pour modèle.

Oui, mon bonheur fut son ouvrage ;
Dans le ciel de notre avenir,
Si l'air annonçait un orage,
Son cœur savait le prévenir,
Et le mien pouvait la bénir.
Pour voir briller, quoique loin d'elle,
Les rayons des soleils si doux
Qui font les beaux jours des époux,
Prends ta mère encor pour modèle.

Objet de sa vive tendresse,
Ton repos fut toujours sa loi ;
Sommeil, santé, plaisirs, richesse,
Elle eût tout donné comme moi ;
Nous eussions tout donné pour toi.
Le sort peut briser d'un coup d'aile
L'enfant sevré de notre amour ;
Quand tu seras mère à ton tour,
Prends ta mère encor pour modèle.

UN GRAND PÈRE FUTUR.

Un Père du Marié.

Air du Charlatanisme, *ou* : Sa Majesté n'a plus sa tête.

Pour porter des regards plus sûrs
Vers les sentiers de cette vie,
Pour le bonheur des jours futurs,
Il est un titre que j'envie.
Mon père en chérit les appas,
Grâce à la naissance prospère ;
Cet appui guidera mes pas,
A moins que Dieu ne veuille pas,
Que ton père un jour soit grand-père...

Dieu le voudra ; — sur ton chemin
L'amour qui chante est plein de sève ;
Le champ où va semer l'hymen
Portera les fruits que je rêve...
Un enfant rose aux doux printemps,
Fier du miracle qu'il opère,
C'est le talisman des vieux temps,
Qui redonne un cœur de vingt ans
Au père devenu grand-père...

Lorsque, sur vos genoux tremblants,
Saute un bel ange à l'œil qui brille,
Lorsqu'il tire vos cheveux blancs,
Et comme un gai pinson babille ;
De l'âge les chagrins ont fui ;
L'enfant rit, le vieillard espère,
Un nouveau jour plus doux a lui ;
Il se fait enfant comme lui...
Ah ! quel bonheur d'être grand-père !

LES DEVOIRS DU MARI.

Une Père du Marié.

AIR : Dans un grenier qu'on est bien à vingt ans.

A dix-huit ans, je comprends qu'on caresse
L'illusion des plus légers plaisirs ;
Que chaque jour la Folie apparaisse,
Que la Raison cède au feu des désirs.
Mais quand l'hymen ouvre une autre carrière
A l'homme heureux de le voir s'accomplir.
Que le passé meure ou reste en arrière.
Il est, mon fils, des devoirs à remplir.

De ces devoirs l'exercice est facile
Au cœur aimant qui sait les observer ;
L'amour triomphe, et l'hymen est docile,
Quand on leur dit ce qu'on peut leur prouver.
La femme a droit qu'on l'aide et la soutienne ;
L'homme a parfois besoin de s'assouplir ;
Aime toujours, aide et guide la tienne.
Il est, mon fils, des devoirs à remplir.

Un jour viendra qui t'en réserve un autre,
Devoir sacré, tout-puissant, éternel,
Qui, tour à tour, hommes, devient le nôtre,
Et qui jaillit de l'amour paternel.
Prêcher d'exemple à l'enfant qui prospère,
De jour en jour, c'est comprendre, accomplir
La mission dont le ciel charge un père...
Il est, mon fils, des devoirs à remplir.

LE CIEL EST PUR CE SOIR.

Une Sœur de la Mariée.

AIR : O dis-moi, douce Marie. (L. ABADIE.)

O ma sœur! ma sœur aimée!
Qu'elle est belle la journée
De ton heureux hyménée
Qui couronne un double espoir!
    Dans l'espace,
    L'amour passe,
Et le bonheur suit sa trace.
    Ah! ta vie,
    Je l'envie,
Le ciel est si pur ce soir!

Ce beau jour t'en promet d'autres,
Plus longs, plus doux que les nôtres,
Jours aux séduisants appas,
Jours qui ne finiront pas!

O ma sœur! ma sœur aimée! etc.

Tu perds, loin de ta famille,
Tes plaisirs de jeune fille;
Mais les trésors de l'hymen
Les remplaceront demain.

O ma sœur! ma sœur aimée! etc.

Du destin la main jalouse,
Dans l'avenir, en secret,
Sous tes fleurs de jeune épouse
Ne mettra pas un regret.

O ma sœur! ma sœur aimée! etc.

HIER, AUJOURD'UI, DEMAIN.

Pour une Sœur de la Mariée.

Air de la Quêteuse (Loïsa PUGET).

Hier, pour toi, naissaient encore
Fleurs, beaux jours et liberté ;
Le bouquet qui te décore
Ne brillait point à ton côté.
Nous chantions, simples fillettes,
Dans notre essor fraternel,
Comme deux jeunes fauvettes,
Autour du nid maternel.
  Ah ! ah ! ah !
Comme nous chantions jadis,
  Ah ! ah ! ah !
Dans notre doux paradis !
Jeune fille,—Le ciel brille
Aujourd'hui, sur ton chemin ;
Et l'aurore,—Belle encore,
Pour toi brillera demain.

Aujourd'hui, l'hymen te pare
De ses plus charmants appas,
D'heure en heure il nous sépare ;
Ses pas aimés suivent tes pas.
Le bonheur sur ton visage
Passe et se répand sur nous,
Ce jour est un doux présage
Des jours peut-être plus doux...
  Ah ! ah ! ah !
Chante encor comme jadis,
  Ah ! ah ! ah !
Dans notre beau paradis... Jeunes, etc.

Demain, c'est une autre chose,
C'est l'avenir incertain,
Le soir qui flétrit la rose
Que caressait l'air du matin ;
Ou c'est l'amour dont l'envie
Confond pour nous et pour lui
Ces trois pages de la vie :
Hier, demain, aujourd'hui.
Ah ! puisse, loin des alarmes,
Ton cœur, par lui seul bercé,
Chanter, sans regrets, sans larmes,
Ce doux refrain du passé : Jeunes, etc.

SERMENT DU CŒUR.

Une Sœur du Marié.

Air de Fleur des champs (L. PUGET).

On m'a conté qu'à la chapelle
Deux jeunes gens vinrent un jour :
L'un joyeux, l'autre fraîche et belle,
Comme vous fiers de leur amour.
Le vieux pasteur bénit leur flamme,
Leur voix répondit à sa voix,
Sans qu'on vît se troubler leur âme
A ces mots qu'il redit deux fois :
Dieu sur la terre envoie et donne
Un paradis aux cœurs aimants ;
Mais aux remords il abandonne
Le cœur parjure à ses serments...

Six mois entiers, l'époux près d'elle
Fut heureux d'un bonheur si pur ;
Mais, un jour, son âme infidèle
De leur beau ciel troubla l'azur ;
Le calme fuit ; bientôt l'orage
Brisa les nœuds d'un doux passé...
Adieu plaisirs, amour, courage !
Sur eux la foudre avait passé...
     Dieu sur la terre, etc.

Ce que je dis n'est point un conte,
Un vain récit aux traits moqueurs ;
L'anecdote que je raconte
Est l'histoire de bien des cœurs...
Pour vous à qui je la rappelle,
Ah ! conjurez les mauvais jours,
Et que l'écho de la chapelle
Près de vous murmure toujours :
     Dieu sur la terre, etc.

UNE CHAINE DE FLEURS.

Une Sœur du Marié.

Air du Moulin joli (VARNEY).

Ah ! si l'hymen — le lendemain
Est une chaîne au début du chemin,
Du sort vainqueur, pour vos deux cœurs,
Que cette chaîne ait des anneaux de fleurs !

　　Au voyageur solitaire
　　Le ciel bleu ne sourit pas ;
　　Les champs n'ont point de parterre,
　　Le ronce blesse ses pas ;
　　A deux la route est plus douce,
　　Le bois a de verts buissons,
　　La terre une fraîche mousse,
　　Des bouquets et des chansons.　　Ah ! etc.

　　Je sais que le sort des roses
　　N'a bien souvent qu'un matin,
　　Mais les fleurs pour vous écloses,
　　Auront un plus long destin ;
　　Sans que l'autan les dévore,
　　Pour elles, vous pourrez voir
　　A plus d'une belle aurore
　　Succéder plus d'un beau soir.　Ah! si, etc.

　　Si plus tard l'orage effeuille
　　Ces guirlandes malgré vous,
　　Vous garderez mainte feuille
　　Débris d'un rêve encor doux ;
　　Souvenirs dont les prestiges
　　Ne sont jamais importuns ;
　　Calices morts sur leurs tiges
　　Mais encor pleins de parfuns. Ah! si, etc.

LE MEILLEUR NUMÉRO.

Un Frère de la Mariée.

Air de Vive Paris, *ou* des Bluets.

Le mariage est une loterie
Où chacun va déposer son enjeu ;
Puis, l'œil brillant, ou plein de rêverie,
Sans y voir clair, on termine le jeu ;
Voyant au jour le lot gagné dans l'ombre,
L'un dit : morbleu ! l'autre a crié : bravo !
Les lingots d'or ne sont pas en grand nombre ;
Dieu connaît seul le meilleur numéro.

Ce jeu pourtant a des effets bizarres ;
Tel a beaucoup qui pensait n'avoir rien,
L'autre, croyant à des qualités rares,
Maudit l'objet qu'il avait jugé bien.
C'est qu'à ce jeu qu'un aveugle accompagne,
Dont le hasard tient partout le bureau ;
Qui gagne perd, et souvent qui perd gagne ;
Dieu connaît seul le meilleur numéro.

Mais à quoi bon ces couplets de morale,
Quand tout ici répond à nos désirs ?
Pourquoi troubler, de ma voix doctorale,
L'écho joyeux de vos charmants plaisirs ;
Vos cœurs bientôt sauront prouver au nôtre
Que pour gagner le bonheur, lot si beau
Pour deux joueurs que Dieu fit l'un pour l'autre,
Vous avez pris le meilleur numéro.

TU ME LE DIRAS DEMAIN.

Un Frère de la Mariée.

Air de Jean ne ment pas. (E. ARNAUD.)

Longtemps ton esprit candide
D'un vague émoi fut rempli ;
Je rêvais ce jour splendide,
Voilà ton rêve accompli.
Les beaux anges de tes veilles
Te montraient les cent merveilles
Que pour toi créait l'hymen...
Dis, ma sœur, es-tu contente ?
S'ils ont trompé ton attente,
Tu me le diras demain.   (*Bis.*)

Un surtout, tendre et dont l'âme
Avait des accents bien doux ;
Il te dit : Soyez ma femme !
Le Paradis est à nous.
Je le vois ; il te contemple ;
Mais, pour entr'ouvrir ce temple,
Pour t'y guider par la main,
Il a donc dans son trophée
La baguette d'une fée ?...
Tu me le diras demain.

Il sourit... c'est qu'il devine
Que de ce riant séjour
La porte étroite et divine
Doit s'ouvrir en ce beau jour.
Mais, perdant l'espoir qu'il donne,
Si l'audace l'abandonne,
S'il succombe à mi-chemin ;
Près du but, s'il tremble et cède,
Malgré la clé qu'il possède...
Tu me le diras demain.

A LA SANTÉ DES AMOURS.

Un Frère du Marié.

Air : Petit papillon azuré. *ou* de la Montagne où je suis né.

Souvent, dit-on, l'Amour frivole,
Malgré la foi de son serment,
Loin du logis fuit et s'envole,
Cherchant ailleurs un aliment.
Parfois, ce n'est qu'un météore,
Qui passe et s'éteint pour toujours.
Voilà pourquoi je bois encore
A la santé de vos amours.

Souvent, de l'hymen qui s'éveille
Le regard, hélas ! devant lui,
Sans revoir les fleurs de la veille,
Du lendemain comprend l'ennui ;
L'orage égrène et décolore
La gerbe de ses plus beaux jours.
Voilà pourquoi je bois encore
A la santé de vos amours.

Mais les amours qu'ici je chante,
Répondront, vainqueurs des autans,
A ma chanson un peu méchante,
Par la voix de leurs longs printemps.
L'hymen, de sa vie, à leur gloire,
Eternisera l'heureux cours.
Prouvant que j'ai bien fait de boire
A la santé de vos amours.

ADIEU FOLIE.

Un Frère aîné du Marié.

Air d'Asmodée, du Tailleur et la Fée *ou* du Forçat libéré.

A nos côtés, joyeux célibataire,
Tu parcourais les sphères des plaisirs,
En t'écriant : Vive un gai solitaire
Dont l'amitié remplit tous les loisirs !
A ton programme aujourd'hui tu fais faute,
En oubliant tes calculs d'autrefois;
C'est que l'amour te fis compter deux fois,
C'est que, sans lui, tu comptais sans ton hôte,
Adieu, Folie et plaisirs du passé ;
De la Raison le règne est commencé !

Naguère encor, glaneur toujours en quête,
D'épis nouveaux dans de nouveaux sillons,
Ton cœur volait de conquête en conquête,
Emule ardent des légers papillons;
Le temps n'est plus des victoires futiles.;
Jeune, on ne voit que plaisirs sans dangers ;
A ces faux Dieux nos tributs passagers !
Mais à l'Hymen des moissons plus utiles !
  Adieu, Folie ! etc.

J'ai, comme toi, vanté l'Amour qui passe,
Et, comme toi, j'ai changé de chemin ;
Et je n'ai vu, dans mon nouvel espace,
Qu'heureuse veille et meilleur lendemain.
C'est le bonheur; comprends ton rôle et brave
Le préjugé qui raille nos beaux jours,
Et prouve lui, qu'enchaîné pour toujours,
L'époux qu'on aime est loin d'être un esclave.
  Adieu, Folie ! etc.

L'ANNEAU NUPTIAL.

Une Invitée.

Air de Jenny l'ouvrière.

L'anneau qui brille au doigt de l'épousée
Montre à son âme un long chemin de fleurs ;
Pour elle, hélas ! quelquefois abusée,
Se tait la voix qui fait croire aux douleurs.
L'anneau qui brille au doigt de l'épousée
Montre à son âme un long chemin de fleurs ;
C'est l'espérance au magique mirage,
   Le rayon d'or des plus beaux jours ;
C'est l'aré-en-ciel qui peut calmer l'orage,
     Et reparaît toujours. (*bis.*)

D'un amour pur s'il est le premier gage,
Que de l'hymen il soit le dernier vœu ;
Des cœurs unis qu'à jamais il engage,
L'écho redit tous les serments à Dieu...
D'un amour pur, s'il est le premier gage,
Que de l'hymen il soit le dernier vœu ;
C'est l'espérance au magique mirage,
   Le rayon d'or des plus beaux jours ;
C'est l'arc-en-ciel qui peut calmer l'orage,
    ' Et reparaît toujours.

L'anneau béni que l'homme nous dédie,
Jusqu'à la mort doit être consulté ;
Le calme échappe à qui le répudie ;
Dieu rend heureux ceux qui l'ont respecté...
L'anneau béni que l'homme nous dédie,
Jusqu'au tombeau doit être consulté ;
C'est l'espérance au magique mirage,
   Le rayon d'or des plus beaux jours ;
C'est l'arc-en-ciel qui peut calmer l'orage,
    Et reparaît toujours.

L'ÉPOUX QU'IL FAUT CHOISIR.

Une Invitée.

Air des plus beaux yeux de Castille (ABADIE).

Au cœur qui, jeune, s'engage,
L'amour parle un doux langage;
Soumet-il son oraison
Au conseil de la raison?
Esprit, sentiment, courage,
Mépris de tout faux plaisirs;
Bon cœur, amour sans partage,
C'est l'époux qu'il faut choisir.

Veut-on, quand l'amour s'envole,
Qu'un sentiment moins frivole
Promette encor de beaux jours,
Et règne enfin pour toujours?
Esprit, sentiment, courage, etc.

Le bonheur, trop indocile,
Est dans ce choix difficile
Mais l'époux qu'on doit rêver
Peut cependant se trouver...
Ici, j'en vois un exemple,
Et je comprends le plaisir
De l'amour dont l'œil contemple
L'époux qu'il a su choisir...

VIVE LA FOLIE.

Un Invité.

AIR du Vin de Ramponneau. (CH. GILLE),
Ou de l'air final du Dîner de Madelon.

Puisque, sur tous les visages
Eclairés par les plaisirs,
Je ne vois qu'heureux présages,
Je ne lis que gais désirs ;
Comme au temps où les trouvères
Se mêlaient aux échansons...
Vive le doux bruit des verres,
La folie et les chansons !

L'amour ne connaît de Muse
Que l'ivresse ou la gaité ;
Et l'hymen veut qu'on s'amuse
Dans son palais enchanté ;
La Raison, aux traits sévères,
Peut ajourner ses leçons :
Vive le doux bruit des verres
La folie et les chansons !

Chantons : Le roi de la fête
Rêve bonheur infini,
La fleur qui cache, discrète,
L'oiseau qu'il doit prendre au nid...
Fauvette et fleur solitaires
Qui croissent loin des buissons...
Vive le doux bruit des verres,
La folie et les chansons !

BON VOYAGE.

Un Invité, ou chœur d'invités.

AIR : Vers les rives de France (*Exil et Retour*).

Mes amis, bon voyage !
Les dangers ont fui, le soleil a lui,
Les flots — Sont aux matelots ;
En quittant le rivage,
Loin de tout ennui — Pour vous et pour lui,
L'amour vous guide aujourd'hui !

La plus belle étoile
Blanchit votre voile ;
Un zéphir léger
Va vous protéger ;
La nef qu'il seconde,
Rêve un nouveau monde,
Que l'ombre des flots
Cache aux matelots,
Ah !

Mes amis, bon voyage ! etc.

Quand tout vous invite,
Partez, partez vite ;
Ce soir vous verrez
Des bords adorés ;
Monde aux doux mystères
Rives solitaires,
Où Dieu fait le nid
Des cœurs qu'il bénit.....
Ah !

Mes amis, bon voyage etc.

BAPTÊMES.

LES ANGES DU BAPTÊME.

Une Marraine.

AIR : Allez cueillir des bluets dans les blés;
Ou de Mes vingt ans.

Si pour longtemps la nature lui garde
Son plus doux ciel et son plus gai séjour,
Il grandira l'enfant que Dieu regarde,
Pour vous aimer et vous bénir un jour;
Au champ, couvert de son ombre suprême,
Le chène altier fut un humble arbrisseau...
Que, nuit et jour, les anges du baptême,
Du haut des cieux veillent sur son berceau !

Il grandira; les rêves du jeune homme
Auront chassé l'âge d'or de l'enfant;
Autour de vous, on le fête, on le nomme,
La vie est belle à son œil triomphant.
Son cœur bondit, il parle, il gronde, il aime,
Fleuve fougueux qui commença ruisseau...
Que, nuit et jour, les anges du baptême
Du haut des cieux veillent sur son berceau !

Il grandira; de son adolescence
Les souvenirs pourront guider ses pas;
Homme par vous, de sa reconnaissance
Les doux trésors ne vous manqueront pas.
Des derniers jours, que de fleurs il parsème,
L'amour d'un fils raffermit le faisceau...
Que, jour et nuit, les anges du baptême
Du haut des cieux veillent sur son berceau !

SI J'ÉTAIS UNE FÉE.

Une Marraine.

AIR : Si loin ! (P. HENRION.)

Ah ! que ne suis-je une fée !
Ma filleule, devant vous,
Grandirait sous la bouffée
D'un zéphir puissant et doux,
Elle pourrait vous sourire
Et vous parler d'un regard,
   Oui, d'un long regard.
Mais je ne puis que vous dire :
Cela lui viendra plus tard,
   Plus tard ! plus tard !   (*Bis.*)

Ah ! que ne suis-je une fée !
Je lui donnerais encor
Plus d'une robe agrafée
Avec des agrafes d'or,
Vos yeux ravis pourraient lire
Son bonheur dans son regard,
   Dans son long regard ;
Mais je ne puis que vous dire :
Cela lui viendra plus tard,
   Plus tard ! plus tard !

Ah ! que ne suis-je une fée !
Je dirais quel cavalier,
Offrant fortune et trophée
A vous viendra s'allier ;
Vous pourriez-voir leur délire
Dans un amoureux regard,
   Dans leur doux regard ;
Mais je ne puis que vous dire :
Cela lui viendra plus tard,
   Plus tard ! plus tard !

BONHEUR COMPLET.

Un Parrain.

AIR : Mon lit, mon lit (CLAPISSON).

Votre hymen fut couleur de rose,
Et chacun de vous s'y complaît ;
Pourtant vous rêviez quelque chose
Pour qu'il fût tout à fait complet.
Ce rêve d'or tenait sans trêve
Vos cœurs palpitants en éveil ;
Si merveilleux fut votre rêve,
Rien ne manque à votre réveil.
    C'est lui, c'est lui,
      Voilà celui,
    Celui que l'on fête,
    L'enfant qui complète
Votre bonheur dès aujourd'hui.   (*bis.*)

Oui, pour vous, il brille, il commence,
Toujours complet, toujours nouveau,
Car Dieu revêt d'un charme immense
Le frêle enfant dans son berceau ;
Du ciel noir il chasse la brume,
Des nuits ses yeux font de beaux jours,
Il entretient, guide et rallume
Les flambeaux mourants des amours.
    C'est lui, c'est lui, etc.

Je le vois déjà qui s'avance
Vers l'avenir qu'il a rêvé,
Et le bonheur qui le devance,
L'attend sans l'avoir éprouvé ;
De la vie, à d'autres amère,
Il goûte le charme éternel,
Imbu des vertus de sa mère
Et digne du nom paternel.
    C'est lui, c'est lui, etc.

LES TROIS AGES.

Un Parrain.

Air de Petit Pierre.

Enfant dont la raison sommeille,
Deux anges gardiens, près de toi,
Souriront dans la nuit vermeille,
Où soudain pâliront d'effroi.
De leur amour qui te fit naître,
Il te faut l'appui souverain ;
Grandis vite pour les connaître,
C'est le souhait de ton parrain.

Enfant, quand tu pourras comprendre
Qu'ils furent ton double soutien,
De toi seul tu devras apprendre
Ce que leur cœur attend du tien ;
De ce cœur où parfois se place
L'oubli qui ferait leur chagrin,
Garde-leur la plus large place,
C'est le souhait de ton parrain.

La vie, à tes yeux attrayante,
Cache des abîmes divers,
Médaille à la face brillante
Qui plus tard montre son revers ;
Du monde sonde bien les portes,
Des vertus le vice est voisin ;
Garde pur le nom que tu portes,
C'est le souhait de ton parrain.

PRÈS D'UN BERCEAU.

Une Mère.

AIR : Tes deux jolis yeux (E. ARNAUD).

Enfant aux doux yeux,
Tu nous rends joyeux,
Enfant aux doux yeux,
Mignonne et gentille ;
Enfant aux doux yeux,
Tu nous rends joyeux,
Oui, c'est toi, ma fille,
Qui nous rends joyeux.

L'enfant grandit et nous enchante
De son babil suave et doux,
Comme un oiseau qui vient et chante
Matin et soir autour de nous.
            Ah !
    Enfant aux doux yeux, etc.

Si le bonheur nous abandonne,
L'enfant béni nous suit toujours,
Comme un ange que Dieu nous donne
Pour nous sourire aux mauvais jours.
            Ah !
    Enfant aux doux yeux, etc.

Si le malheur vient nous surprendre,
L'enfant qui reste est un appui,
C'est le trésor qu'on ne peut prendre
A notre cœur, riche avec lui.
            Ah !
    Enfant aux doux yeux, etc.

CE QUE J'AI RÊVÉ.

Une Mère.

AIR : Tes jolis yeux (E. ARNAUD).

J'ai rêvé que Dieu qui féconde
L'hymen, de ses bienfaits si fier,
Mettait une couronne blonde
Au front de l'enfant né d'hier.
Qu'il aurait, sorti de ses langes,
De frais matins toujours heureux ;
Mais Dieu donne-t-il à ses anges
Tout ce que nous rêvons pour eux ?

J'ai rêvé qu'à sa douce enfance
Tout ici-bas ferait accueil,
Et que son âme sans défense
Ne trouverait jamais d'écueil ;
Qu'il fuirait mieux que les mésanges
Les oiseleurs peu généreux ;
Mais Dieu donne-t-il à nos anges
Tout ce que nous rêvons pour eux ?

J'ai rêvé que, plus tard encore,
Parcourant de nouveaux sillons,
Dans le monde qui les déflore,
Il gardait ses illusions ;
Que ses jours brillaient sans mélanges
Qui font les nôtres douloureux ;
Mais Dieu donne-t-il à nos anges
Tout ce que nous rêvons pour eux !

QUE SERA-T-IL UN JOUR.

Un Père.

Air : Petits enfants, restez toujours petits.

Il est béni, l'ange rêvé naguère,
Et rien ne manque à mon cœur satisfait ;
Si, pour l'ingrat, ce plaisir est vulgaire,
Moi, j'y veux voir un céleste bienfait...
Combien sa voix ; ses jeux, son doux sourire
Vont animer notre calme séjour...
C'est le seul livre où mes yeux voudront lire,
Mais qui dira ce qu'il doit être un jour ?

Que sera-t-il ? savant, prélat, poète,
Homme d'état, général, orateur ?
Sa vie, un jour, sera-t-elle muette ?
Ses pas suivis d'un murmure flatteur ?
Qui sait ? Plus d'un que la gloire environne
A, protégé du populaire amour,
Sur son chemin ramassé sa couronne...
Qui me dira ce qu'il doit être un jour ?

Oui, je voudrais qu'il marquât dans l'histoire.
Qu'il eût un nom grand comme son bonheur ;
Mais on m'a dit que ce rang plein de gloire
S'obtient parfois aux dépens de l'honneur.
Ah ! s'il est vrai que l'éclat qu'on renomme
Si la fortune exige un tel retour,
Qu'il ne soit rien, mais qu'il reste honnête homme
Voilà, voilà ce qu'il doit être un jour !

QUAND ELLE AURA QUINZE ANS.

Un Père.

Air : La Bohémienne en a menti.

Mignonne et si frêle aujourd'hui,
Comme une fleur à peine éclose,
Que j'aime à la voir qui repose
Sur son plus précieux appui !
D'heure en heure encore embellie,
Riche enfin d'attraits séduisants,
Mon Dieu ! qu'elle sera jolie,
Lorsque ma fille aura quinze ans !

Que d'allégresse et que d'orgueil
Dans ce mot désiré : « Ma fille! »
Déjà, son regard qui scintille,
De ma maison dore le seuil...
De nos ennuis perçant les voiles,
Ses yeux, aux rayons bienfaisants,
De mon ciel seront les étoiles,
Lorsque ma fille aura quinze ans !

Plus tard encor... mais près de moi
Un léger cri s'est fait entendre...
C'est un accent plaintif et tendre
Qui met une mère en émoi...
L'appel de l'ange qui réclame
Un lait plus doux que nos présents,
C'est ma fille, enfin, qui proclame
Qu'elle est bien loin d'avoir quinze ans !

LE TRÉSOR DE LA FAMILLE.

Une Invité.

Air des Vingt sous de Périnette (P. HENRION).

Dieu vous donne un doux trésor,
Un trésor que l'on envie
Et qui fait aimer la vie,
Grâce à lui, plus belle encor.
Mais d'une telle merveille
Que l'amour soit le gardien
Comme l'avare qui veille
Nuit et jour auprès du sien.
   Croyez-moi, bonne mère,
Heureux père,—Jeune encor,
Ah ! gardez bien, heureuse mère,
Oui, gardez bien ce doux trésor !

Ce doux trésor est l'enfant
Que rêvait votre chimère,
Et que l'amour d'une mère
Conduit, protège et défend.
Ah ! que son œil qui scintille
Lance ses rayons d'azur
Dans le ciel de la famille
Qui doit rester toujours pur.
   Croyez-moi, etc.

Quand, brune enfant aux beaux yeux,
Quand, jeune fille au cœur tendre,
L'amour vient lui faire entendre
Doux soupirs, propos joyeux,
Eclairant le point de mire
Où s'arrête son coup-d'œil,
Sous les roses qu'elle admire
Vous lui montrerez l'écueil.
   Croyez-moi, etc.

A LA SANTÉ DU NOUVEAU-NÉ.

Un Gouvive.

AIR du Cabaret des Trois Lurons.

Quand un frèle enfant vient au monde,
Soudain parents, voisins, amis,
S'assemblent, chantant à la ronde
Ses destins encor compromis ;
Mais moi qui veux que, sans déboire,
Au but par l'âge il soit mené.
Avant tout, je crois qu'il faut boire
A la santé du nouveau-né !

Portons-donc ce toast à plein verre
Et sans voir de front inquiet,
Que chacun de nous persévère
Dans ce raisonnable souhait :
Les vœux d'avenir et de gloire
Viendront quand l'heure aura sonné ;
Mais pour qu'elle sonne, il faut boire
A la santé du nouveau-né.

Je pourrais chanter maint présage
De hauts-faits, d'exploits éclatans.
Et lire, aux traits de son visage,
Qu'il doit au moins vivre cent ans.
Sans trop l'affirmer, j'y veux croire ;
Voilà pourquoi j'ai deviné
Qu'il nous fallait boire et reboire
A la santé du nouveau-né !

FÊTES.

LES PRIVILÉGES.

Au cadeau d'une rose,
Vous résistez sans cause ;
Et votre bouche oppose
Des traits souvent moqueurs.
Votre âme est satisfaite
Par des refus vainqueurs ;
Mais le jour de votre fête
On peut vous offrir des fleurs.

Un Dieu toujours vous garde ;
Près de vous qu'on regarde,
Qu'une main se hasarde
Sur la vôtre en chemin.
Quel homme, à sa défaite
Peut croire au lendemain ?
Mais, le jour de votre fête,
On vous peut presser la main.

Que d'un fou la pensée
Soit tendrement bercée ;
Que sa flamme insensée
Ose à vous s'adresser,
Sa part est si tôt faite
Qu'il n'y doit plus penser.
Mais, le jour de votre fête ;
Ne peut-on vous embrasser ?

PRIÈRE.

AIR : De bien loin je vous apporte (C. GILLE).
Ou du Petit Bouton d'or.

Votre passé n'est qu'un livre
  Plein de gais loisirs ;
Le présent chante et vous livre
  De nouveaux plaisirs.
Pour que nul vent ne sillonne
  Ces jours purs et doux,
Que votre sainte patronne
  Veille encor sur vous !

A la fleur de l'espérance
  Qui croît sous vos pas,
Pour qu'un matin la souffrance
  Ne succède pas ;
Pour garder votre couronne
  Des autans jaloux,
Que votre sainte patronne
  Veille encor sur vous !

Votre âme heureuse et ravie
  De ses longs printemps,
Aux chants joyeux de la vie
  Répondra longtemps ;
Pour qu'enfin votre œil rayonne
  Toujours parmi nous,
Que votre sainte patronne
  Veille encor sur vous !

CE QUE JE VOUS SOUHAITE.

Un Homme.

AIR : Bonsoir, adieu mes petits anges.

Ce jour s'est levé calme et pur ;
Beau soleil, firmament sans voiles ;
Si le jour fut brillant d'azur,
Le soir est pailleté d'étoiles.
Sur votre front, votre chemin,
C'est ainsi, prolongeant la fête,
Qu'il renaîtra pour vous demain...
Voilà ce que je vous souhaite !

Vous riez ; c'est bien ; mais voyons,
Jusqu'où va cette insouciance ;
Ecoutez mes prédictions
Pour mieux juger de ma science.
Dans vos yeux et dans votre main,
Je dis,—serai-je un faux prophète,—
Que vous rirez encor demain ;
Voilà ce que je vous souhaite !

Je lis encor dans l'avenir
Que, bien des fois, toujours sincère,
A vous l'amitié vient s'unir
Pour fêter cet anniversaire.
Que tous les ans, avec émoi,
Ces couplets, on vous les répète ;
En désirant que ce soit moi,
Voilà ce que je vous souhaite !

UNE FÊTE DE FAMILLE.

Pour une Fête.

Air des trois Marteaux (H. Monpou),
Ou du Vaurien (Eug. Petit).

De celui que nous aimons
Pour célébrer les louanges,
Pour chasser les noirs démons,
Pour ne voir que de beaux anges,
Amis, d'un commun accord,
  Chantons encor,
Au bonheur de ses longs jours,
  Buvons toujours. } *bis.*

Oui, fêtons l'homme estimable,
Le bon père, l'ami sûr,
Qu'environne un cercle aimable
D'enfants au cœur tendre et pur,
Pour nous, voltige et fourmille
L'essaim des plus douces lois ;
Une fête de famille
Vaut mieux qu'un banquet de rois.

  De celui, etc.

Depuis longtemps son cœur goûte
Le repos et le bonheur,
Que lui versent goutte à goutte
Et la sagesse et l'honneur...
Si le jour que l'homme espère
Dépend du jour éclipsé,
Pour lui, l'avenir prospère
N'enviera rien au passé,

  De celui, etc.

Oui, l'avenir se dessine
Dans un brillant horizon ;
Le bonheur a pris racine
Au doux seuil de sa maison.
A l'amitié, dont les chaînes
Ont des anneaux infinis,
Sa voix, aux fêtes prochaines,
Dira : Dieu nous a bénis !

  De celui, etc.

UN JOUR DE FÊTE.

Air des Cabinets particuliers.

Rien n'est plus beau qu'un jour de fête,
Qu'il pleuve ou neige en ce beau jour ;
On se rassemble un jour de fête,
On peut se fuir un autre jour.
Le chagrin meurt un jour de fête,
Il faut bien chanter en ce jour ;
Et l'on s'embrasse un jour de fête,
Ce qu'on ne fait pas chaque jour.

On a des fleurs un jour de fête
Et des soucis un autre jour ;
On boit du vin un jour de fête,
L'eau n'est pas faite pour ce jour.
Plus d'un souhaite, un jour de fête,
Ce qu'il dément un autre jour ;
On est sincère un jour de fête...
Ce qu'on ne fait pas chaque jour.

Le cœur s'entr'ouvre un jour de fête,
L'âme se ferme un autre jour ;
Le camarade, un jour de fête,
Est l'ennemi d'un nouveau jour.
L'amant, fort pauvre un jour de fête
Est souvent riche après ce jour ;
Et l'époux fait un jour de fête
Ce qu'il ne fait pas chaque jour.

LA FÊTE D'UN PÈRE.

Air : Que je voudrais avoir encor vingt ans.

L'heure a sonné des hymnes d'allégresse ;
Fêtons celui qui ne vit que pour nous :
C'est un devoir qu'ici nul ne transgresse,
C'est un plaisir dont chacun est jaloux.
Il est si doux d'offrir un vœu sincère
A qui l'on doit les plus sages leçons,
Reçois encor, joyeux anniversaire,
Reçois longtemps nos fleurs et nos chansons.

Puisqu'il forma jadis notre jeunesse,
Il nous connaît, il sait que notre amour
N'attend jamais que cet instant renaisse
Pour dire à Dieu nos vœux de chaque jour ;
Quoiqu'à ses yeux tu sois peu nécessaire
Pour lui prouver que nous le chérissons,
Reçois encor, joyeux anniversaire,
Reçois longtemps nos fleurs et nos chansons.

Oh ! ne crois pas qu'il s'altère et s'envole
Le souvenir des bienfaits paternels ;
Des fils aimants le cœur n'est point frivole,
C'est un livret aux feuillets éternels,
Sûr memento que l'enfant garde et serre,
Calendrier que seuls nous connaissons ;
Reçois longtemps, joyeux anniversaire,
Reçois toujours nos fleurs et nos chansons.

TABLE.

COUPLETS POUR UN MARIAGE.

Chez Durand, éditeur, rue Rambuteau, 32.

Paris.—Imp. Beaulé et Cᵉ, rue Jacques de Brosse, 8,